# 일몰에 기대다

배교윤

## 시인의 말

암과 싸운 시간, 삶과 죽음의 경계에서 이겨내기 위해 썼던 글들을 묶는다.

유목민의 영혼을 위해 살았던 생애를 위해.

이겨내라 무한 힘주신 분들께 이 시집을 바친다.

2020년 3월

배교윤

# 일몰에 기대다

## 차례

### 1부 시간의 빛

## 2부 저물 때만 잠시 아름다운

## 3부 빛이 없는 밤에도 별은 흐르고

## 4부 흐르는 구름의 주름들

## 해설

# 1부

시간의 빛

# 섬

나는 물의 욕망이 아니어서
어느 날 갑자기 날아오르지 않았다

내 몸속엔
어미 같은 화산도 있고
아비 같은 나무도 있어
그저
꿈꾸고 싶어서
나는 항상 바람과 같이 있었다

나는 수많은 새들이 지저귀지 않아도
저 먼 수평선에
바람의 악보를 그려 넣을 수 있다

## 안개의 시간

지상에서 안개가
사랑할 수 있는 시간은
거미줄 위에 있다

먼 산이여
길이 외롭다고 말하지 마라
가늘고 위태롭게
안개를 거느리는 시간이
사랑하는 시간이다

지상의 모든 기쁨과 슬픔은
거미줄 위에 있다

# 구름의 시간

구름이 들판을 들어 올리는 한낮
테렐지* 강변 말발굽이 지나는 길마다
흔들리며 피어 있는 노랑꽃들

나무들의 동공이 태양의 시선과 맞닿고
흰 나방이 알을 슬어놓은 것 같은
게르 옆 강가에 앉아
버리고 떠나온 덜컹거리던 시간들을 헤아린다

제국을 이룬 하늘의 구름들은
바람이 가르며 지나고
낯선 풍경 속
길 없는 길에 서서
또 다른 시간을 기다리며
알타이 산맥을 끌고 가는 길을 바라본다

* Terelj, 세계자연문화유산으로 지정된 몽골의 국립공원.

# 기울어지는 시간

쓸쓸하고 적막하지만
놓을 수 없어 늘
팽팽한 실타래 같았던 삶

야크 뿔이
표지석으로 얹혀 있는 티베트 사원
천장터가 아닌 사막의 하늘을
가오리연처럼
유유히 날아오르는 날짐승들에게
살과 뼈를 나누어 주고
흔적 없이
독수리 날개에 얹혀
바람에 날리는 영혼

바람 속에 풀어놓기 위해
이제 지상에 풀어놓을 것은
새밖에 없어
살을 버리고

바람 쪽으로
기울어지는 시간

# 바람의 시간

대학로 마로니에 공원 가운데
이백 년 수령으로 서 있는
칠엽수 굵은 가지가 눈雪을 턴다
눈이 쌓인다

하늘과 땅이
가슴을 맞대자
눈雪과 눈길이 마주쳐서
우주가 흔들리는 시간

풍란風蘭의
꽃잎 터지는 듯한
바람의 시간 위로
떨어지는 눈의 무게

# 열매가 나는 시간

날마다
바람은 무던히도 불었습니다

소설 같은 항해에
간혹
봄바람이
불어오기도 해서
그저
무겁지만은 않았습니다.

이제
스스로 내면을 키우던
중력의 외길에서 돌아 나와
등뼈를 곧추세우며

물푸레나무 시과翅果*가 익는 시간
물소리같이 지나간
날개를 다시 생각합니다.

* 열매 껍질이 날개처럼 되어서 바람을 타고 멀리 날아 흩어지는 열매.

# 시간의 힘


삼악산 기슭
총상꽃차례를 이루며 피는 쪽동백
봄이 짧은 오월에는
너에게로 가는 사다리가 필요하다

쪽동백 그늘마다
희디흰 꽃잎 음표 하나씩
달고 있는
모시흰나비

누군가 허공에 잠시 걸어둔
사다리인 줄 알았는데
서쪽 하늘
머리 푼 산 하나 걸어오듯
어두워지는 시간을 통과하는
황홀한 일몰

하늘이 돌아앉을 때

시간은 몸을 바꾼다

# 기다림의 안쪽에 피는 꽃
—보라색 풍란

뼈처럼 단단한 흰 뿌리를
고스란히 드러내고
꺾이지 않을 꼿꼿한 자세로
고요의 안쪽에
누군가를 기다리며 앉은 모습

견고한 절제의 몸짓
침묵으로 겨울을 말하는
이슬 같은 어깨 위로
산빛 바람이 스친다

기다림의 안쪽은 늘
보랏빛이다

# 이팝나무

낙산 언덕 언저리에
몇백 명은 먹이고 남을
꽃밥이 수북이 피었다

전쟁을 겪은 이들의 마음속에 슬며시
가난했던 세월을 밀어 올리는 나무

아름다운 현재를 보여달라고 하면
슬쩍 배고픈 과거를 보여주는 꽃

수많은 가루로 시간을 뭉친 것 같기도 하고
한 뭉치의 시간을 불공평한 분자로 나눈 것 같기도
한 꽃

공유와 나눔을 생각하게 하는 가난한 마음이
낙산 저녁 자락에 그득히 피었다

배고파도 말 못 하던 과거가 현재에게

고른 마음을 가지고 살라는 듯

지금은 천덕꾸러기가 되어버린
하얀 쌀밥 같은 말씀을 주렁주렁 매달고 있다

# 사철나무

멀리 희미하게 감지되는 갯내음에서
조금씩 먼 파도의 부서짐을 본다

고향집으로 밀려드는
바람을 막아주던 나무

삶의 허기를 풀어헤치는 사선목思仙木들이
바람이 지나는 길마다
초록빛을 반사하며
바다로 향하는 울타리로 서 있다

약속하지 않았어도
너는 생각나무로 돌아와
내 곁에 서리라

무언의 약속을 지키기 위해
어릴 적 추억을 데리고
어머니께로 돌아가는 길에

쪽빛 바다와

사철 푸르름을

어깨동무하며 서 있는 나무

# 파도의 속말

바다가 엎드린 한낮
비올라 연주로
섬집 아기를 듣는다

바다 위에 펼쳐지는
유년의 푸른빛들이
이루지 못한
몽유로 서성이고

날개 없이도 날아가는
비눗방울처럼
흩어져버린 열망
유목민의 영혼으로 살았던
등 뒤로 흘러간 시간들

내 고향
해운대 바다는 너무 넓다

# 마음의 경계

풀잎을 흔드는
이슬 속으로
끝없이 떠나는 바람

달의 뒷모습이 보인다

달이 감추고 있다
바람의 그림자에는
선이 없다

# 조응

북두칠성 일곱 우물이
땅으로 수맥을 내리면
칠월은 녹색의 문을 열어
젖은 산을 내려놓는다

공중으로
무언가 중얼거리며
서 있는 여름 나무들

# 안개

일상의 회색 풍경을 떠나
바다에 왔다

바다의 심장을 거느리고
촘촘한 모시옷 같은
안개가 바다를 건너고 있다

수평선을 보러 왔는데
갈매기도 목선도 보이지 않는다
저 느린 안개는 어디로 가는가

풍경이 보이지 않는
출렁임뿐인 바다와
답답한 안개의 시간이
바다의 비망록 위에
새겨진다

2부

저물 때만 잠시 아름다운

# 가을강

잊지 못할 것들이
살아나서 말을 걸고 있다
길가의 저 음습하고
잔혹스러운 녹색의 엉겅퀴 밑에는
말하지 못한 미물들의
속삭임이 들려오고
햇살의 푸르름에
숨겨진 말들이
아직은 마음을 산란케 한다

물은 강으로 흐르지만
여전히 강물에 마음을 담그지 못한
의지가 있어
계절마다 쓸쓸한 빛이 감돈다

개울이 흐르는 들녘으로 가면
아직 못다 한 말들이
쟁기질할 때까지는

약속을 뒤집지 말아야 한다

가슴은 하늘로 솟아오르는 새처럼
바람에 흔들리게 놓아두어야 한다

# 방사선 치료실을 나오며

끊임없이 묻고 생각하고
또 물으며 몸을 일으켜 세우지만
주사위처럼 던져진
짧은 생의 화두

신갈나무 잎 진 겨울 숲
머리 위의 하늘이
위안이 되지 않는 날

귀를 열고 바람 속으로
마음을 흘려보낸다

민들레 꽃씨 같은 계절로도
풀지 못하는
숙제 같은 시간들

# 청동물고기
―혜성사에서

어스름해지면
산신각 앞 우물 위에 촛불 켜지고
비늘을 매달고 있는
물속처럼 깊은 고요
작은 적막 한 채

청동빛 어둑한 마음으로
견딜 수 없이 가벼워진
나를 내려놓으려고
대웅전에 들어서니
약사여래부처님 자비의 미소 지으신다

암세포와 싸우는
생의 오후 참혹한 희망을
마음의 빛으로 내려놓고
돌아서는 밤
빛으로 선 처마 끝 어둠을 바라보는데

풍경風景을 흔드는 바람이
경經을 읽으며 지나간다

# 아침은 느리게 오고


살 속의 모든 세포가
눈으로 모이고
이백여섯 개의 뼈들이
직립으로 일어선다

기억의 편린들이
무거운 나뭇잎으로 흔들린다

아침은 느리게 오고
비오는 날과
햇볕이 쨍한 날이
하루씩 지나간다

흰 어둠으로 다가오는
눈꺼풀 속의 시간들

# 암 병동에서 1


앙상한 팔뚝을 두들기던 간호원
"혈관이 약하군요"
여섯 시간의 투약
한 방울씩 떨어지는 항암 주사액을 보며
삶과 죽음의 경계에 방전된 몸을 본다
옷을 입었음에도 맨몸으로 느껴지는
구겨진 생의 체면
힘내라 손잡은 딸에게 변명이 되어버린 몸

아직 끝나지 않은 계절에
나는 푸른 그림자와 서 있다

# 암 병동에서 2

암 병동 아래 내려다보이는
창경궁 오랜 수령, 백송 옆
때죽꽃이 진 고요한 자리에
진언眞言처럼 흔들리며 내리는
는개

조선 오백년 숲을 깨우고
지나간 시간이 자란
궁궐의 숲을
무심히 걸어 다니는 는개의 물방울들

# 녹색 목도리를 뜨며

햇볕의 생성이 더딘 계절

깃털을 세우며
겨울 철새가 오고

동안거에 든 나무들을 보며
앙상해진 팔로 한 올씩
엄지와 검지가 벼리를 엮어내듯

녹색 사다리처럼 빠진 코 다시 걸며
한 코 한 코
고르게 겨울의 길을 간다

빗장을 걸고 가두어 놓은
마음은 가깝고
먼 관冠을 얹은 구름을
실 끝에 감으며
두 개의 대바늘에 꿰는 시간이

시리다

# 촛불

스스로 타오르는 것은
날숨의 향기와
흰 뼈의 그늘이 있다

그늘을 만들며 타는 것들은
고요를 쌓고
우주의 시간으로 가는 것들은
빈산의 달을 키운다

# 어떤 전언

예측할 수 없는
휘청거리는 삶이 어지러워
은비령 넘어
쩡쩡 얼어 터지는 겨울의 소리를 듣는다

물푸레 숲에 바람이 울고 가면
전설 속의 설인이
기다리던 마음속 사람이 되어
불빛으로 다가오기를 기다리며
폭설이 내리는 눈길 위에 서 있다

삭풍의 바람이 정수리를 스치고 지나고
별들은 섬광처럼 암호로 빛나는 시간
병실의 밤을 흔들던 그대

불면의 바람 한 점

# 병상 일기 1

찬바람에
무게 없이 제 빛으로 견디는
겨울나무들
아프게 밟히는 나뭇잎들의 잠
병을 맞이하고도
암자 한 채 없는 산

동숭동 언덕 위
하늘을 바라보고 선
키 작은 나무들의
때늦은 수다

산을 내려오다 돌아보니
가죽나무 위의 까치집이
허공의 말로 분주하다

# 병상 일기 2

떠돌이별의 품에서
어둠 속 은빛 현弦을
좇아가던 등 뒤의 시간들

바람 부는 날에는
녹차 한 잔으로
가슴을 물들이고
달 있는 밤에는 달빛 따라가며

기억의 집을 버리고
고요의 속살에
마음을 담은 눈시울은
유목의 바람을 부른다

# 시시포스의 하루

몽유의 끝에
암 덩어리가 잘려 나간 후
안개 속 같은 미완의
시간을 뒤로하고

별까지 여행을 갔다 귀환한
의식을 일깨운다

햇빛 좋은 오후
몸이 감옥임을 잠시 잊고
시간의 등을 밀어 나르는
흔들리는 바람의 무게에
녹이 슬어버린 영혼을 기댄다

망명 온 섬에 머물듯
저 혼자 휘어져 흐르는 구름을 보며
먼 기별 같은 바람을 안고
저음의 첼로 음처럼 낮아지는

저녁을 기다리고 있다

# 히말라야 핑크소금

미네랄 함량이 높다고 동생이
히말라야 핑크소금을 보내왔다

3억 년 전 지각변동으로 바다가 솟아올라
히말라야 산맥이 되어 만들어졌다는
이 소금을 먹으면
항암으로 방전된 몸이
다시 흠결 없는 몸이 될 수 있을까

차돌같이 빛나는 분홍 소금 덩어리

천년의 시간을 우려낸
히말라야의 내면을 본다

오늘 저녁에는 청정의 산 히말라야를 헐어
콩나물국을 끓여 보아야겠다

# 목인박물관에서
—용수판\*전을 보고


지상의 문을 닫고
바람처럼 흔들리며
이승을 떠나는
소멸의 시간
세상 떠나는 길을 안내하여
벽사辟邪가 되어주는
용과 도깨비들의 향연을 보며

누군가의 고단한 생이
미량의 소금 같은
눈먼 바람으로
흔들리며 떠나는 시간,
젖은 길이 되어
어렸을 때
할아버지 꽃상여를 따라가던
고향 바닷가 언덕을 생각했다

일회적인 생

세상의 부질없는
욕망들이 생각나는 시간
박물관 앞마당으로
눈부시게 부서지는
가을 햇볕
한 줄기 빈 바람이 흔들린다

* 전통 상여의 상단 앞뒤에 부착하는 반달 모양의 용머리 장식.

# 일몰에 기대다

동지 전 짧아진 길
마로니에 공원을 서성거리다
서울대병원 오랜 수령의
은행나무 위로 붉어지는
일몰의 하늘을 바라본다

저물 때만 잠시 아름다운
착시에 몸을 기대는 시간

꽃이 피었다 진
수척한 꽃대도
지는 해를 바라보던 나도
한순간 바람에
귀를 비우고 우두커니 서 있다

3부

빛이 없는 밤에도 별은 흐르고

# 흙도 없이

낙산 산책길에 만난
노란 꽃눈이 나온 산수유
방산 흙으로 빚은
백자 항아리로 옮겨 놓고

하룻밤 자고 나니
노란 팝콘이 터지듯
몽글몽글 꽃이 피었다

여린 햇살 품고
비발디풍으로 흙도 없이 이사 온 봄

# 꽃이, 물이 되고 싶은 날

비 오는 바다의 표정이
안개꽃이다

꽃이, 물이 되고 싶은 날

아득한 생의 물길 열어
바다에 무릎 꿇고
광막한 바다에 타는 노을

고슴도치 바늘이 돋은 바다는
수평선 위로
한 옥타브 낮은 오보에 음으로 운다

# 유월의 비망록

녹색의 두께가
막스 에른스트의
푸른 캔버스처럼 짙어지는 들판

넘치는 햇빛
숲은 미완성으로 가고

하루 한 쪽씩
책장 넘기듯 하는
물기 젖은 유월의 바람 속
미망의 프로타주*

이미 지나온 시간
퇴화하는 삶이
저녁 속에 잠시 출몰하는

저 미친 달력 너머
회색의 푸른 숲이 중얼거리고

* frottage, 막스 에른스트가 즐겨 사용한 회화 기법. 나뭇잎이나 동전 등 질감 있는 사물 위에 종이를 깔고 연필 등으로 문질러서 상을 얻는다.

# 매미

놀이터 옆
회화나무 위에서 우는 매미

흙으로 습기를 당기다
십수 년의 허물을 벗고 나와
바람에도 걸리지 않을
저 울음소리

여름 속을 까맣게 날아다닌다

중이염 앓는 귀로 듣는
여름이 짙다

# 미루나무 빗자루

굳이 저 깊은 기억의 우물 속에서
두레박으로 건져 올리지 않아도
선명하게 출렁이던
미루나무
어릴 적 뛰어놀던 친구 어깨의
싱그러운 땀내음
힘찬 달음박질 끝의 건강한 박동에서
매미 울음소리가 들렸다

봄에 연한 나뭇잎이
점차 햇빛을 받으며
녹색으로 변해가던
나이를 훌쩍 뛰어넘어
구름과 아주 가까운
해거름에 별이 조금씩
제 모습을 드러낼 때
칠흑 같은 밤의 별자리에
차고 매서운 바람이 불어오면

거대한 은하수 하늘 마당을
쓸고 있는 것이 보인다

마치 돌아갈 수 없는
고향의 앞마당을 청소하듯이

# 샤콘느*

창경궁 관덕정 마루에 앉아
갈참나무 잎에서 수직으로
떨어지는 가을 햇볕을 받으며
지상에서 가장 슬픈
비탈리의 샤콘느를 듣는다

음악의 숲에 드니
상처들이 보인다
무너져 내리는 뼈아픈 햇살

그림자를 돌아보지 마라

무너지고 싶지 않아
내가 나에게 안부를 묻는다
흔들리는 바람에
영혼을 씻고 싶은 날
샤콘느를 듣는다

* 16세기 에스파냐에서 생겨난 4분의3 박자의 느린 춤곡.

# 가을의 무게

춥고 피곤한 날
서 푼어치밖에 남지 않은
눈빛으로

섬으로의 망명을 꿈꾸며
카프카를 읽는 오후

11월도 중순
옹달진 자작나무 아래
낮게 씨를 달고 있는
시들어버린 꽃을 보다
문득 뜨거움이 울컥 치민다

시들어도 꽃은 우주의 중량을 품고 있구나

짧은 가을을 보내는
마른 꽃의 튼실한 무게

# 목련차

지난봄
안성에 사는
J 시인이
보내준 목련차

여린 속살 봄날의
모시흰나비 날개 같은
말린 잎을
찻잔에 띄워 마시며
산목련 흰 그늘을 생각하는데

배 속에 들어간 목련차
날개를 달고
가을 오후를 난다

# 자작나무

—민영 선생님께


푸른 나비 떼 같은 잎들
바람이 불 때마다
한 겹씩
묵은 때 벗겨내듯
북방의 우화와 동화가 되어
할머니의 이야기 주머니에 쌓이고


몇 차례
햇빛이 뒤집고 간
반짝이는 먼 강물


흰 눈 내리는
겨울이 오면
별들의 성소 아래
눈부신 하얀 수피樹皮
결 곧은 키
벌서듯 나란히
흰옷 입은 성자처럼

겨울 숲의 침묵을

지키고 선


은자隱者 같은

# 새벽의 시詩

수많은 물방울이
연잎 위에 앉았다

허공 속
고요 안에
형체도 없는 뼈가
부화孵化를 한다

# 유목의 바람

척박한 유목의 땅
바람은 말발굽을 닮고

천년의 중력이
구름의 무게에 실려
길 없는 길을 순례한다

높은 곳과 낮은 곳의 경계가 없는
초원의 한낮, 굴절되는 햇빛

무종無終의 문에 담기는 칭기즈칸의 영혼
오색의 타르초*가 주는 평화

알타이 산맥을 넘어가는 바람이
경전을 읽고 가는 소리


* 불경이 적혀 있는 오색 깃발.

# 메타세쿼이아

풍경을 도열하고
위풍당당 하늘을 찌를 듯
곧게 높이만 올라가는
우아한 저 나무의 고향은 하늘일까

공룡이 사라질 때
함께 화석으로 각인되었다

박제된 시간, 살아 있는 화석

좀체 휘어지지 않을
검붉은 나무의 등뼈에
사라졌던 시간을 기대어 보면

제 시곗바늘같이 가느다란 잎들이
모세혈관을 찌르며
굳어 있던 기억을
흔들어 깨우고 있다

# 베토벤의 바이올린 협주곡을 듣다
—동백섬에서

만난 적 없는 만조滿潮의 바다
출렁이며 휘어지는 현絃
장엄한 금빛 일몰의 동백섬

별이 되어 엎드려 보아야
더 빛나 보이듯 어깨의 힘을 풀고
물결이 되어 보는 날의 위안

출렁이는 파도 너머로
수평선을 끌고 오는
섬이 놓쳐버린
귀 하나

# 분리

여름마다 분홍꽃을 피워주던
대문 앞 배롱나무
그을음병으로
꼬부라진 흰 뼈가 되어
겨울바람을 맞고 서 있다

꽃 피우는 것이 일이었던
나무의 맥박은 흔적 없고
형상으로만 서 있다
나무의 곡절은 헤아리지 못하고
꽃만 보았던 아둔한 내 손길

영혼이 떠난 나무의 빈 가지 위로
저녁 하늘의 눈자위 붉은 노을

# 녹턴

안개꽃 한 다발 안고
쓰러지는 바람에
아득하게 무너지는
산 그림자를 본다

빛이 없는 밤에도
별은 흐르고
만져지지 않는
슬픔의 뼈들

버려서 흔적도 없는
것들에 대한 경의를
공중의 시간 위에 얹는다

# 4부

## 흐르는 구름의 주름들

# 몽돌

해운대 미포 앞바다에서 주운
검은 몽돌 한 개
눈물 같은 바닷물이 묻은
돌의 표면에 내 얼굴이 비친다

바닷물보다 짠 삶
쪼그라든 가슴으로
갯바람이 감겨오고

우주의 무게로
심장 안까지 들어오는 바다
천연덕스러운 물결 위로
익명의 갈매기들은 흔들리고

떼울음으로 다가오는 파도
바다의 푸른 이마 위로
흔들리는 흰 시간들

# 바람의 귀

—2016, 광화문

임금님 귀는
당나귀 귀
대밭이 필요하다

천형天刑처럼 흐르는 시간
재갈 물린 말들이
울음 토하듯
광장에
하나씩 켜지는 촛불들이
뜨거운 강물이 되어 흐른다

# 닥나무

죽어서 비로소
천년을 사는 나무
초록 뒤에 순백의 마음을
숨겨놓고
바람 한 번 지날 때
붓을 흔들어

말하지 못한 말
숨기고 있다

마음을
풀어놓기 시작하는 나무
초록 너머 후생의 삼국유사

# 개심사開心寺에서

날개 편 학처럼 서 있던
개심사 뜰 앞의 배롱나무에
진분홍 꽃이 피었다

꽃송이마다
숨겨놓은 일식日蝕이 있어
그 속으로
유언 없이 지는 꽃잎들

수묵빛 연못 흔드는 바람 속
흰 뼈 하나 출렁이고 있다

# 진흙 속의 소가 저도 모르게

새벽 연밭에서
누군가
밤새 캐어 올린 진주 같은

투명한 이슬이
물부처 되어 오롯한
말씀 하나

진흙 속의 소가 저도 모르게 쳐다본

사리같이
황홀한
꽃

# 목어

천상에서 부르면

들리는 소리

풍화風化되어버린 시간 속에

어머니 한산모시 저고리 입고

가시던 여름

구인사

목어木魚

# 꽃살문

오래된 시간의
기억들이 내재되어 있는
왕이 활을 쏘던
창경궁 관덕정 마루에 앉아
팔월의 짙은 녹음 사이로
지나는 바람의 무늬를 본다

굴참나무 숲의
시간은 푸르게 흐르고
그대
한 그루 나무로 머물던 순간은
삭지 않을 지문으로 남아

가지 않은 길은
오래된 미래처럼
시간의 옆구리를 지나
바람 위에 읽히는
꽃이다

# 목백일홍의 전설

한여름 땡볕
무위 속을 망명하는 시간
낙산 중턱 소나무 숲에 핀
목백일홍

가장 뜨거울 때 피어서
꽃잎 누이지 않다가
백일을 다 채우지 못한
목이 세 개 달린 이무기의 전설을
남기고 떠나는 바람꽃
우화의 그늘

# 구인사에서

─어머니 기일에


텃새들의 움직임이
고요한
산사의 문


미명 속
작은 날개의 기억을 더듬는
고목의 잔가지들

# 옷이 멀다

가을 햇볕이
잠시 요기妖氣를 내뿜으면
황홀했던 나뭇잎들이 모두 옷을 벗어
맨몸의 가지 사이로 하늬바람
잎 떨어진 나무들의 발자국 소리가
천공天空을 흔들며 지나간다

제 빛의 무게를 버린
빈 나무들 곁을 지나며
사금처럼 빛나던
나무의 생을 생각한다

깊은 동짓달
영취산 극락암 가는 길

옷이 멀다

# 되새

지리산 대나무 숲에서
잠을 자는 되새를 알고 있다

쌍계사 차시배지茶始培地
초겨울 하늘을
소용돌이치며 운행하던 되새 떼
폭포가 흐르듯 내려앉는다

귀한 손님이 찾아오는 숲에
노을이 지면
날갯짓 소리, 울음소리
대나무가 흔들릴 때마다
꿈을 꾸는 되새

겨울 화개골은 되새들의 군무로
젖지 않는 은하수가 된다

# 섬 속의 섬

뜻밖에도
바람이 붉어
바람을 부르는 동박새

싸락눈이 조금 내리기라도 하면
처절하게 붉은색이
망부가를 밀어둔 파도
사그라들지 않고

꽃송이째로
툭!

아무런 미련 없이
섬을 놓아버리는,

# 얼음새꽃

눈으로 덮인 산
깊고 높아 골이 보이지 않는
소백산 속 푸르러지지 않던 영혼
북극성을 찾던 허공 속 길 한 자락

눈 속, 언 몸을 녹이고
노란 날개 달고
느린 봄을 밀고 올라오는
겨울과 봄 사이의 꽃

# 별똥별

꽃 진 능소화 사이로
흐르는 구름의 주름들은

낮달의 자국이 선명한 왼쪽 가슴
푸르게 돋을 별을 기다린다

별자리 옆으로
흐르는 바람은
서로 어깨를 스치며 가고

흐드러지는 별
바람이 지나는 자리마다
우주의 부호가 되어
지상으로 내려온다

어둠에 선명히 새길
마지막 문장이 되기 위해

# 수평선에 그려 넣은 바람의 악보

박남희(시인·문학평론가)

## 1. 길 없는 길 위에 떠도는 유목의 바람

첫 시집 『내 마음의 풍광』을 낸 이후 오래간만에 배교
윤 시인이 두 번째 시집을 상재한다. 단시간에 수많은 시
집을 내는 경우도 있지만 배교윤 시의 행보는 민첩하지
는 않지만 그만큼 옹골차고 깊은 맛이 있다. 그의 시들
은 길이가 짧은 편이지만 시에 등장하는 중요 심상들은
시인의 삶이나 내면세계를 직관적으로 암시하거나 반
영하고 있다는 점에서 중층적이다. 지금껏 시인이 살아
온 삶이 바람에 출렁이는 물결 위의 삶이라면 그의 두
번째 시집은 '수평선에 그려 넣은 바람의 악보'라고 말할
수 있다. 그의 시에서 가장 빈번하고 중요하게 등장하는
두 이미지는 바람과 물이다. 이런 이미지들은 그의 원형
에 뿌리를 둔 근원적 심상이라는 점에서 그의 기억 또
는 모성, 고향, 길, 섬, 구름 등의 이미지와도 연관되어 있
다. 배교윤의 시 속에 드러나 있는 상상력은 본질적으로
기억에 뿌리를 두고 있지만 그 시정신은 자유롭고 유동

적인 노마디즘에 닿아 있다. 그의 시 여러 편이 유목을 소재로 하고 있는 것은 예사로운 것이 아니다. 시집 전반부에 실린 시 「구름의 시간」만 보아도 몽골 평원이 보여주는 풍광이 시인의 유목적 사유에 닿아 있다.

구름이 들판을 들어 올리는 한낮
테렐지 강변 말발굽이 지나는 길마다
흔들리며 피어 있는 노랑꽃들

나무들의 동공이 태양의 시선과 맞닿고
흰 나방이 알을 슬어놓은 것 같은
게르 옆 강가에 앉아
버리고 떠나온 덜컹거리던 시간들을 헤아린다

제국을 이룬 하늘의 구름들은
바람이 가르며 지나고
낯선 풍경 속
길 없는 길에 서서
또 다른 시간을 기다리며
알타이 산맥을 끌고 가는 길을 바라본다

－「구름의 시간」 전문

이 시는 시인이 세계자연문화유산으로 지정된 몽골 테렐지 국립공원에 가서 바라본 구름의 모습과 주변의 풍광을 보고 쓴 시이다. 이 시의 중심 이미지는 제목이 암시하듯이 '구름'이다. 구름은 배교윤의 시에서 가장 중요한 비중을 차지하는 두 이미지 '바람'과 '물'을 모두 품고 있는 이미지로서 배교윤의 시에서 큰 비중을 차지하고 있다. 이 시의 첫 연, 들판을 들어 올리는 구름 이미지는 천상과 지상을 연결하는 매개체로서의 이미지가 강조되어 있다. 여기서 말발굽 소리에 흔들리며 피어나는 노란 꽃은 노마드로 살아가는 몽골 사람들의 불안정한 삶을 암시하고 있다. 그런데 이러한 불안이나 유동성은 단지 몽골 사람들의 삶에 한정되어 있지 않고 "버리고 떠나온 덜컹거리던 시간들을 헤아"리는 화자의 삶과 연계되어 있다. 유목의 삶은 '길 없는 길'에서 나름대로 길을 찾아가는 과정으로서의 삶이다.

몽골 유목민의 삶을 거슬러 올라가다 보면 그 정점에 칭기즈칸이 있다. 각자의 부족들로 분산되어 있던 몽골을 통일하고 제위(칸)에 올라 몽골의 영토를 중국에서 아드리아해까지 확장시켰던 칭기즈칸은 이 시에서 "제국을 이룬 하늘의 구름들"을 가르는 '바람' 같은 존재이다. 그런 점에서 "알타이 산맥을 끌고 가는 길"이라는 표현에도 역사성이 내재되어 있음을 느낀다. 이러한 역사

성에 대한 사유는 그의 또 다른 시 「유목의 바람」에도
잘 드러나 있다.

척박한 유목의 땅
바람은 말발굽을 닮고

천년의 중력이
구름의 무게에 실려
길 없는 길을 순례한다

높은 곳과 낮은 곳의 경계가 없는
초원의 한낮, 굴절되는 햇빛

무종無終의 문에 담기는 칭기즈칸의 영혼
오색의 타르초가 주는 평화

알타이 산맥을 넘어가는 바람이
경전을 읽고 가는 소리

－「유목의 바람」 전문

칭기즈칸의 웅대했던 시절은 지났지만 유목의 땅 몽
골 평원은 현재도 그때의 말발굽 소리가 들리는 듯 바람

이 불고 천년 전 역사의 중력이 구름의 무게로도 감지된다. 예나 지금이나 구름은 '길 없는 길'을 순례하고 있다. '떠도는 구름'은 배교윤 시의 원형 심상인 '물'과 '바람'을 모두 품고 있는 이미지로서 시인 자신의 실존적 삶을 투영하고 있다. 이러한 시인의 삶은 "무종無終의 문에 담기는 칭기즈칸의 영혼", 즉 끝없이 이어져 온 유목적 삶을 원형질에 닿아 있다. 그렇기 때문에 시인은 "알타이 산맥을 넘어가는 바람이/경전을 읽고 가는 소리"를 듣고, 오색의 타르초를 보면서 평화를 느낄 수 있는 것이다. 시인이 이처럼 유목의 역사성에 관심을 기울이고 있는 것은 자신의 삶 속에서 "유년의 푸른빛들이/이루지 못한/몽유"나 "날개 없이도 날아가는/비눗방울처럼/흩어져 버린 열망"(「파도의 속말」)과 무관하지 않다. 이 시를 통해서 시인은 자신의 삶에서 "유목민의 영혼으로 살았던/등 뒤로 흘러간 시간들"을 보고 있는 것이다. 이것은 "이제 지상에 풀어놓을 것은/새밖에 없어/살을 버리고/바람 쪽으로/기울어지는"(「기울어지는 시간」) 죽음의 시간과도 연관되어 있다는 점에서 유목적 삶은 이 땅의 삶에 한정되어 있지 않다.

## 2. 청동물고기가 바라보는 흰빛 – 불교적 상상력

산사에 가면 처마 끝에 청동물고기가 매달려 있는 풍
경을 흔하게 볼 수 있다. 물고기는 본래 물속에 사는 것
이 정상인데 공중에 매달려서 먼 허방을 바라보고 있
다는 점에서 고행의 길을 걸어가는 중생을 닮았다. 처마
끝은 하늘의 흰빛과 처마 밑의 어둠이 공존하는 공간으
로 번뇌의 공간인 사바세계를 상징한다. 절에는 풍경에
매달려 있는 청동물고기 이외에 또 다른 물고기가 있는
데 그것은 목어木魚이다. "천상에서 부르면//들리는 소
리//풍화風化되어버린 시간 속에//어머니 한산모시 저
고리 입고//가시던 여름//구인사//목어木魚"가 전문인
짧은 시 「목어」에는 '목어'가 "한산모시 저고리 입고//
가시던 여름"의 어머니 모습과 겹쳐져 있다. 목어는 긴
물고기 모양도 있지만 목탁도 목어의 일종으로 "천상에
서 부르면//들리는 소리"의 주체가 된다. 구도자가 도를
닦는 데 사용되는 것이 목탁이라는 점에서 불교적 의미
의 물고기는 구도의 의미가 강하다.

>   어스름해지면
>   산신각 앞 우물 위에 촛불 켜지고
>   비늘을 매달고 있는

물속처럼 깊은 고요
작은 적막 한 채

청동빛 어둑한 마음으로
견딜 수 없이 가벼워진
나를 내려놓으려고
대웅전에 들어서니
약사여래부처님 자비의 미소 지으신다

암세포와 싸우는
생의 오후 참혹한 희망을
마음의 빛으로 내려놓고
돌아서는 밤
빛으로 선 처마 끝 어둠을 바라보는데

풍경風景을 흔드는 바람이
경經을 읽으며 지나간다

–「청동물고기」 전문


　'혜성사에서'라는 부제가 달려 있는 이 시는 시인이
병을 얻은 후 저녁 어스름에 찾은 혜성사에서 느낀 소
회를 '청동물고기' 이미지로 그린 시이다. 시인은 산신각 앞 우물 위에 켜놓은 촛불에 비친 풍경風磬을 마치 물속처럼 깊은 고요 속에서 비늘을 매달고 있는 살아 있는 물고기처럼 바라보고 있다. 이것은 아픈 육신의 회복을 바라는 시인의 간절한 마음과 무관하지 않다. 시인이 이 절에 들어설 때의 마음은 처마 끝 풍경처럼 "청동빛 어둑한 마음"이었다. 그런데 시인은 "견딜 수 없이 가벼워진/나를 내려놓으려고" 대웅전에 들어서면서 "암세포와 싸우는/생의 오후 참혹한 희망을/마음의 빛으로 내려놓고" "빛으로 선 처마 끝 어둠" 즉 청동물고기가 바라보는 희망의 미래를 조망하고 있다. 처마 끝 청동물고기의 눈으로 보면 처마 끝이 떠받치는 하늘도 환한 빛이다. 배교윤의 시에서는 여러 곳에 흰빛 이미지가 나오는데, 그의 시에서 '흰빛'은 초월이나 희망, 또는 죽음이나 실존을 상징한다.

날개 편 학처럼 서 있던
개심사 뜰 앞의 배롱나무에
진분홍 꽃이 피었다

꽃송이마다
숨겨놓은 일식日蝕이 있어
그 속으로

유언 없이 지는 꽃잎들

수묵빛 연못 흔드는 바람 속
흰 뼈 하나 출렁이고 있다

—「개심사開心寺에서」 전문

해운대 미포 앞바다에서 주운
검은 몽돌 한 개
눈물 같은 바닷물이 묻은
돌의 표면에 내 얼굴이 비친다

바닷물보다 짠 삶
쪼그라든 가슴으로
갯바람이 감겨오고

우주의 무게로
심장 안까지 들어오는 바다
천연덕스러운 물결 위로
익명의 갈매기들은 흔들리고

떼울음으로 다가오는 파도
바다의 푸른 이마 위로

흔들리는 흰 시간들

—「몽돌」전문

　시인은 옷 벗은 흰 몸으로 진분홍 꽃을 피워 올리고 있는 개심사 뜰 앞의 배롱나무를 보면서 구도자의 실존을 생각하고 있는 듯하다. 배롱나무를 날개를 편 학으로 비유하고 있는 것은 나무에서 신성성을 발견하려는 시인의 눈과 무관하지 않다. 그런데 배롱나무가 피워 올린 꽃은 일식日蝕처럼 한순간 유언 없이 지는 허무한 꽃이다. 그런데도 배롱나무는 그 꽃을 말없이 피워 올리고 있는 것이다. 이러한 배롱나무의 모습은 마음에 일식日蝕을 품고 살아가는 시인의 실존과 유사하다. 이런 관점에서 보면 "수묵 빛 연못 흔드는 바람 속/흰 뼈 하나"는 초월을 꿈꾸는 시인의 실존의 모습을 보여주는 상징적 이미지라고 말할 수 있다.

　이어 소개한 시는 "해운대 미포 앞바다에서 주운/검은 몽돌 한 개"에 투영된 시인의 실존을 보여주고 있다. 여기서 "눈물 같은 바닷물이 묻은" "바닷물보다 짠 삶"을 살아온 몽돌은 시인 자신의 실존이다. 그러므로 몽돌이 된 시인은 "우주의 무게로/심장 안까지 들어오는 바다"와 "떼울음으로 다가오는 파도"를 느낀다. 여기서 '파도'는 "바다의 푸른 이마 위로/흔들리는 흰 시간들"

로 은유되어 시인의 실존을 나타낸다. 이처럼 배교윤 시에서 흰 이미지는 풍경風磬의 청동빛과 대비를 이루며 다양한 함의를 지니고 있다.

## 3. 메멘토 모리로서의 거울

인간은 누구나 병이나 죽음으로부터 자유로울 수 없다. 병이나 죽음은 인간의 생명을 위협한다는 점에서 부정적인 이미지가 강하지만, 한편으로는 파편적으로 살아온 자신의 삶을 돌아보고 새로운 삶의 계기를 마련해주는 반성적 거울을 준비해놓기도 한다. 영화 <죽은 시인의 사회Dead Poets Society>(1990)에서 키팅 선생님이 학생들에게 들려준 유명한 말은 '카르페 디엠Carpe diem'이다. 학생들에게 도전과 자유의 정신을 심어주기 위해서 던진 이 말은 라틴어로 '현재를 즐겨라'라는 뜻을 가지고 있다. 이 말과 대척점에 있으면서 죽음을 통한 반성적 미래를 제시해주는 말은 '메멘토 모리Memento mori'이다. 이 말은 라틴어로 자신의 '죽음을 기억하라' 또는 '너는 반드시 죽는다는 것을 기억하라'는 뜻을 가지고 있다. 이 단어에는 미래에 닥쳐올 죽음을 미리 잊지 않고 기억함으로써 자신의 현재를 점검해 보라는 뜻이 내포되어 있다. 이처럼 병이나 죽음은 우리에게 종종 반성적 거울을 제시한다.

끊임없이 묻고 생각하고
또 물으며 몸을 일으켜 세우지만
주사위처럼 던져진
짧은 생의 화두

신갈나무 잎 진 겨울 숲
머리 위의 하늘이
위안이 되지 않는 날

귀를 열고 바람 속으로
마음을 흘려보낸다

민들레 꽃씨 같은 계절로도
풀지 못하는
숙제 같은 시간들

　　　　　　　　　　　　　　　－「방사선 치료실을 나오며」 전문


　암 선고를 받으면 누구나 얼마 남지 않은 자신의 생
을 반추해 보면서 의미 있는 '생의 화두'를 찾게 된다. 하
지만 죽음을 기억하면서 자신의 새로운 생의 화두를 찾
아간다는 것은 생각만큼 쉬운 일이 아니다. 그러므로 시
인은 "끊임없이 묻고 생각하고/또 물으며 몸을 일으켜

세우지만/주사위처럼 던져진/짧은 생의 화두"에 대한 답은 쉽게 찾아지지 않는다. 따라서 "신갈나무 잎 진 겨울 숲/머리 위의 하늘"도 시인에게는 위안이 되지 않는다. 그리하여 시인은 "귀를 열고 바람 속으로/마음을 흘려보"냄으로써 '위안'보다는 '깨달음'을 선택한다. 하지만 "민들레 꽃씨 같은 계절로도/풀지 못하는/숙제 같은 시간들"은 우리에게 흔쾌히 해결점을 보여주지 않는다.

> 지상에서 안개가
> 사랑할 수 있는 시간은
> 거미줄 위에 있다
>
> 먼 산이여
> 길이 외롭다고 말하지 마라
> 가늘고 위태롭게
> 안개를 거느리는 시간이
> 사랑하는 시간이다
>
> 지상의 모든 기쁨과 슬픔은
> 거미줄 위에 있다
>
> ─「안개의 시간」 전문

자신의 죽음조차 그 시기를 짐작할 수 없는 인간의 삶은 안개와 같이 불투명하다. 이러한 안개 같은 삶도 그대로 안개로서만 존재하다 보면 쉽게 증발해버리고 만다. 시인은 이러한 난점을 해결하기 위해 '거미줄'을 등장시킨다. 거미줄은 안개를 물방울로 만들어서 제 몸에 지님으로써 안개의 존재성을 살려낸다. 여기서 물방울은 사랑의 물방울이다. 그런데 거미줄로 상징되는 삶은 외롭기도 하고, 때로는 가늘고 위태롭게 느껴지기도 한다. 병에 붙잡힌 몸 역시 물방울을 품고 있는 거미줄과 같다. 그런데 시인은 이렇듯 위태로운 시간도 사랑하는 시간임을 강조하고 있다. 그것은 시인의 눈으로 보면 "지상의 모든 기쁨과 슬픔은/거미줄 위에 있"는 유한한 것이기 때문이다.

떠돌이별의 품에서
어둠 속 은빛 현弦을
좇아가던 등 뒤의 시간들

바람 부는 날에는
녹차 한잔으로
가슴을 물들이고
달 있는 밤에는 달빛 따라가며

기억의 집을 버리고
고요의 속살에
마음을 담은 눈시울은
유목의 바람을 부른다

　　　　　　　　　　　　　−「병상 일기 2」 전문


풀잎을 흔드는
이슬 속으로
끝없이 떠나는 바람


달의 뒷모습이 보인다


달이 감추고 있다
바람의 그림자에는
선이 없다

　　　　　　　　　　　　　−「마음의 경계」 전문


　　우주를 떠돌던 별똥별이 한순간 중력에 이끌려 마지
막 은빛 현을 그리며 지상으로 산화하듯이, 불확실한 인
간의 삶도 우주를 떠도는 별똥별처럼 늘 소멸의 자장
안에 있다. 그리하여 시인이 할 수 있는 일은 "바람 부는

날에는/녹차 한 잔으로/가슴을 물들이고/달 있는 밤
에는 달빛 따라가며//기억의 집을 버리고/고요의 속살
에" 마음을 담는 일뿐이다. 어쩌면 달관이나 체념처럼
느껴지기도 하는 이러한 마음의 행로는 또 다른 측면에
서 마음의 경계 허물기로도 볼 수 있다. 다음 시「마음의
경계」에는 시인의 실존을 흔드는 바람 속에서 육신의
눈으로는 볼 수 없는 '달의 뒷모습'을 바라보는 관조적
시선이 느껴진다. 시인의 이러한 인식은 달이 감추고 있
던 "바람의 그림자에는/선이 없다"는 깨달음에서 출발
한다. 이것은 일종의 경계 허물기로서 마음과 육신의 한
계를 뛰어넘어 보려는 실존적 의지의 산물이다. 이처럼
시인의 관조적 거울로 달을 비추면 '달의 뒷모습'도 볼
수 있다. 경계 허물기의 눈으로 보면 생과 사도 본질적으
로 노마드적이다.

## 4. 주체와 대상의 조응을 통한 새로운 인식

이번 시집에서 특별히 주목되는 것은 시인의 한층 깊
어진 대상에 대한 인식이다. 우리가 어떤 대상을 인식할
때 일상적인 눈으로 보면 그 대상을 피상적이거나 관습
적으로 인식하게 된다. 그렇기 때문에 시인은 대상을 낯
설게 보거나 새로운 관점에서 바라봄으로써 인식의 전

환을 이루고 새로운 상상력을 창출해낸다. 배교윤의 시는 단순히 주체가 대상을 낯설게 바라보려는 차원보다는 주체와 대상 또는, 대상과 대상의 상호 조응이나 새로운 관계 설정을 통해서 직관적 주제에 접근한다. "북두칠성 일곱 우물이/땅으로 수맥을 내리면/칠월은 녹색의 문을 열어/젖은 산을 내려놓는다//공중으로/무언가 중얼거리며/서 있는 여름 나무들"이 전문인 짧은 시 「조응」은 이러한 시적 상상력의 요체를 응축된 감각으로 보여준다. 이 시는 비가 와서 그 비에 반응하는 여름 나무들을 그린 시이지만, '북두칠성 일곱 우물'과 칠월의 '녹색의 문'을 연결해서 상상력을 우주적으로 확장시킨다. 이러한 확장된 상상력은 두 번째 연 "공중으로/무언가 중얼거리며/서 있는 여름 나무들"의 조응을 한층 커다란 울림으로 전달해준다.

　　　　멀리 희미하게 감지되는 갯내음에서
　　　　조금씩 먼 파도의 부서짐을 본다

　　　　고향집으로 밀려드는
　　　　바람을 막아주던 나무

　　　　삶의 허기를 풀어헤치는 사선목思仙木들이

바람이 지나는 길마다
초록빛을 반사하며
바다로 향하는 울타리로 서 있다

약속하지 않았어도
너는 생각나무로 돌아와
내 곁에 서리라

무언의 약속을 지키기 위해
어릴 적 추억을 데리고
어머니께로 돌아가는 길에

쪽빛 바다와
사철 푸르름을
어깨동무하며 서 있는 나무

—「사철나무」전문

　자신이 유년 시절에 자주 보았던 나무를 보면 그 시절의 추억이 떠오르게 마련이다. 시인도 사철나무의 일종인 사선목思仙木을 바라보면서 "고향집으로 밀려드는/바람을 막아주던 나무"의 기억을 떠올린다. 시인에게 있어서 사선목은 그리운 고향에 대한 "삶의 허기를

풀어헤치는" 나무이다. 그렇기 때문에 시인에게 있어서
사선목은 "약속하지 않았어도" "생각나무로 돌아와" 자
신의 곁에 서 있는 나무이다. 이 나무는 시인이 자신과
의 "무언의 약속을 지키기 위해/어릴 적 추억을 데리고/
어머니께로 돌아가는 길에//쪽빛 바다와/사철 푸르름
을/어깨동무하며 서 있는 나무"로서 고향을 상징하는
존재이다. 이 시에서 시인이 어린 시절 보았던 '사선나무'
를 현재 자신의 곁에 서 있는 '생각나무'로 새롭게 인식
하고 있는 것은 주목할 만하다. 시인으로서 시를 쓰는
일이 생각을 키우는 일이라면, '생각나무'는 시인의 은유
로도 읽힌다. 고향에 뿌리를 둔 이러한 사유는 그의 시
에서 한층 깊이를 더하며 다채로운 모습을 보여준다.


　　　　가을 햇볕이
　　　　잠시 요기妖氣를 내뿜으면
　　　　황홀했던 나뭇잎들이 모두 옷을 벗어
　　　　맨몸의 가지 사이로 하늬바람
　　　　잎 떨어진 나무들의 발자국 소리가
　　　　천공天空을 흔들며 지나간다

　　　　제 빛의 무게를 버린
　　　　빈 나무들 곁을 지나며

사금처럼 빛나던
나무의 생을 생각한다


깊은 동짓달
영취산 극락암 가는 길


옷이 멀다

―「옷이 멀다」 전문


　가을은 아름답지만 한편으로는 쓸쓸한 계절이다.
"가을 햇볕이/잠시 요기妖氣를 내뿜으"며 나무에게 잠
시 황홀한 단풍의 시간을 선물하기도 하지만 가을바람
은 아름다운 단풍을 사정없이 떨구기 위해 천공天空을
흔들며 지나간다. 시인은 "제 빛의 무게를 버린/빈 나무
들 곁을 지나며/사금처럼 빛나던/나무의 생을" 통해서
자신의 화양연화 시절을 반추한다. 시인이 영취산 극락
암으로 오르는 길은 어머니를 만나러 가는 길이면서 동
시에 자신을 만나러 가는 길이다. 그 길에 시인은 문득
"옷이 멀다"라는 화두를 떠올린다. 참으로 다양한 해석
을 낳게 하는 '옷이 멀다'라는 화두는 시의 문맥으로 보
면 일차적으로 화려한 나무의 옷, 즉 나뭇잎을 가리키
는 것으로, 나뭇잎이 다시 피어나는 계절인 '봄이 멀다'

는 의미로 읽힌다. 하지만 세속을 벗어나 암자를 찾아가는 시인의 모습을 떠올리면 '세속의 옷이 멀다'는 뜻으로도 읽힌다. 이 시의 옷이 어떤 의미를 지니든 결국 공수래공수거空手來空手去 하는 인간은 옷과 멀어질 수밖에 없다.

여기서 특히 주목되는 것은 '옷'에 대한 시인의 인식이다. 이 시에 드러나 있는 옷은 '낙엽의 옷'이면서 '세속의 옷'이면서 동시에 그 의미가 '어머니의 옷'으로까지 확장되어 있다. 이렇듯 시인은 대상에 대한 사유를 확장시켜서 시를 한층 깊은 상상력의 세계로 인도한다.

> 만난 적 없는 만조滿潮의 바다
> 출렁이며 휘어지는 현鉉
> 장엄한 금빛 일몰의 동백섬
>
> 별이 되어 엎드려 보아야
> 더 빛나 보이듯 어깨의 힘을 풀고
> 물결이 되어 보는 날의 위안
>
> 출렁이는 파도 너머로
> 수평선을 끌고 오는
> 섬이 놓쳐버린

귀 하나

－「베토벤의 바이올린 협주곡을 듣다」 전문


나는 물의 욕망이 아니어서

어느 날 갑자기 날아오르지 않았다


내 몸속엔

어미 같은 화산도 있고

아비 같은 나무도 있어

그저

꿈꾸고 싶어서

나는 항상 바람과 같이 있었다


나는 수많은 새들이 지저귀지 않아도

저 먼 수평선에

바람의 악보를 그려 넣을 수 있다

－「섬」 전문


공통적으로 섬과 음악을 소재로 삼고 있는 위의 두
시는, 섬이라는 존재를 통해 그와 연관되어 있는 고향이
나 어머니에 대한 사유를 펼쳐 보여준다. 첫 번째 시 1연
에서 "만난 적 없는 만조滿潮의 바다"는 자연현상으로서

의 만조뿐 아니라 시인의 삶에서 경험한 만조의 때를 가리킨다. 그런데도 "출렁이며 휘어지는 현絃" 사이로 보이는 "장엄한 금빛 일몰의 동백섬"이 아름답게 보이는 것은 참으로 아이러니하다. 이러한 아이러니한 풍경을 시인이 만끽할 수 있는 것은 시인이 몸소 "별이 되어 엎드려" "어깨의 힘을 풀고/물결이 되어" 섬을 바라보고 있기 때문이다. 자연이 되어야 자연을 더 잘 볼 수 있다는 것은 너무나 당연한 진리이지만, 섬이 된 시인이 "놓쳐버린/귀 하나"가 있다. 그것은 아마도 베토벤의 바이올린 선율이 끌고 오는 고향이나 어머니에 대한 어떤 기억일 것이다.

그다음 시에서 '섬'은 화자인 시인 자신을 가리킨다. 물은 수증기가 되어 공중으로 날아오를 수 있고 새들은 날개를 달고 하늘을 날 수 있지만, 섬은 날아오를 수 없는 존재이다. 하지만 섬 속엔 "어미 같은 화산도 있고/아비 같은 나무도" 있어서 바람과 함께 꿈꿀 수 있다. 여기서 '섬'은 단독자로서의 시인 자신을 가리킨다. 단독자는 늘 외롭다. 하지만 "수많은 새들이 지저귀지 않아도/저 먼 수평선에/바람의 악보를 그려 넣을 수 있"는 것이 시인이다. 그에게 이러한 힘을 불어넣어 주는 것은 그의 내면에 자리하고 있는 원형으로서의 고향이다. 부모만큼 자신을 지극정성으로 보살펴주고 보듬어주는 고향은 없다. 시인은 오늘도 섬이 되어 바람에 떠밀리는 파도 소리를 들으면서 먼 수평선에 바람의 악보를 그려 넣고 있다.

이상에서 살펴본 바와 같이 배교윤의 시를 관통하고 있는 두 가지 중심 이미지는 '물'과 '바람'이다. 물과 바람은 둘 다 유동성을 지닌 심상으로 배교윤 시가 지니고 있는 노마드적 특성을 잘 드러내 보여준다. 그의 시에 나오는 '청동물고기'나 '목어'는 구도자로서 시인의 존재성을 상징하는 불교적 이미지들이다. 짧게 압축되어 있는 그의 시들이 절제의 미학을 얻고 있는 것도 이러한 시인의 정신과 무관하지 않다. 그의 시에 드러나 있는 병이나 죽음의 이미지는 미래에 닥쳐올 죽음을 미리 잊지 않고 기억함으로써 자신의 현재를 점검해 보라는 뜻이 내포되어 있는 '메멘토 모리Memento mori'의 정신에 닿아 있다. 그의 시에서 특히 주목되는 것은 주체와 대상에 대한 인식이 새롭고 중층적이라는 점이다. 이런 중층적 사유를 바탕으로 이번 시집에 가장 빈번히 등장하는 '구름' 이미지는 '바다'나 '섬' 이미지와 결합되어 노마드적 사유에 깊이를 더하고 있다. 이처럼 배교윤의 시는 노마드적 사유를 체험이나 상상력을 통해서 응축된 언어로 풀어내는 진경을 보여준다. 그동안 지난한 삶 속에서

도 시라는 "먼 수평선에/바람의 악보를 그려 넣"어온 시
인의 열정이 앞으로 어떤 새로운 지평을 열어나갈지 기
대가 크다.

**일몰에 기대다**

2020년 4월 15일 1판 1쇄 펴냄

지은이          배교윤

펴낸이          김성규

책임편집        김은경 조혜주

디자인          김동선

펴낸곳          걷는사람

주소            서울 마포구 월드컵로16길 51 서교자이빌 304호

전화            02 323 2602

팩스            02 323 2603

등록            2016년 11월 18일 제25100-2016-000083호


ISBN    979-11-89128-68-5    04810

ISBN    979-11-89128-01-2    (세트)


* 이 책 내용의 전부 또는 일부를 재사용하려면 반드시 지은이와 출판사의 동의를 얻
  어야 합니다.
* 잘못된 책은 교환해 드립니다.
* 이 책의 국립중앙도서관 출판시도서목록(CIP)은 서지정보유통지원시스템 홈페
  이지(http://www.seoji.nl.go.kr)와 국가자료공동목록시스템(http://www.nl.go.kr/
  kolisnet)에서 이용할 수 있습니다. (CIP제어번호:2020013569)